ANAYA

Juan Ignacio Luca de Tena, 15. 28027 Madrid
www.anayainfantilyjuvenil.com
e-mail: anayainfantilyjuvenil@anaya.es

1.ª edición, febrero 1997; 2.ª impr., febrero 1998
3.ª impr., octubre 1998; 4.ª impr., julio 2000
5.ª impr., enero 2001; 6.ª impr., febrero 2002
7.ª impr., enero 2003; 8.ª impr., abril 2004

Diseño: Taller Universo

ISBN: 84-207-7556-8
Depósito legal: S. 581/2004

Impreso en Gráficas Varona
Polígono El Montalvo, parcela 49
Salamanca
Impreso en España - Printed in Spain

Concha López Narváez

EL GRAN AMOR DE UNA GALLINA

Ilustración: Juan Ramón Alonso

QUERIDO LECTOR

Quizás ya conoces a Carolina. Si es así, sabes muy bien que es una gallina alegre, decidida y generosa, que vive a su «aire», y nunca mejor dicho porque le encanta volar. Pero si aún no la conoces, aquí la tienes, dispuesta a presentarse por sí misma.

La historia que hoy va a contarte es la de su gran amor. Carolina no tenía pensado casarse: por naturaleza es independiente y siempre tuvo suficiente con sus amigos para sentirse feliz. Pero un buen día apareció en el gallinero un gallo grandote y sonriente. Se llamaba Teobaldo y tenía sentido del humor.

Teobaldo era cantante y le gustaba aprender cosas nuevas. Carolina le enseñó a patinar sobre los charcos helados, y así se divirtieron juntos.

Al principio eran únicamente buenos amigos. Pero, poco a poco, algo sucedió, y cuando se miraban a los ojos les subía desde el pecho una extraña emoción; además, les temblaban las puntas de las plumas y sentían las patas tan débiles como si fueran de algodón.

En fin, ¡era el amor! Y ¿qué se puede hacer cuando el amor llega?... Pues se puede volar acompañado, y se pueden compartir los mejores granos de maíz y de trigo, y también los cantos y los cacareos... Y eso fue lo que hicieron Carolina y Teobaldo, y así juntos se vieron envueltos en peligros y emociones.

A causa del amor sucedieron muchas cosas. Pero debe ser Carolina la que os lo cuente. Os dejo con ella y me despido hasta el próximo libro.

Concha López Narváez

A nuestro
amigo
Miguel
Rodríguez,
que vive
donde
viven
los
libros
y que
tantas veces
nos ha hecho
un hueco
en «su
casa».

Juan Ramón Alonso y
Concha López Narváez

1

Presentación

ANTES de empezar os diré que soy Carolina.

Mi nombre es extraño para una gallina. Lo sé, todos me lo dicen. Pero a mí me gusta. Lo elegí yo misma.

Y ¿cómo soy yo?

Por dentro, en lo del carácter, sencilla y alegre, aunque testaruda. Por fuera, en lo de las plumas, de lo más corriente.

¿Qué hago?

Mi oficio es poner, y pongo tres huevos en una semana. Ya sé que no es mucho; pero los fabrico lo mejor que puedo. Para ser sincera, me parece que me salen bien. En el gallinero hay gallinas que ponen un huevo diario. Pero eso no es vida, y además los hacen de cualquier manera.

¿Qué cosas me gustan?

Me gusta volar, subirse encima del aire es

maravilloso. De todas maneras no vuelo muy alto porque no soy pájaro. Pero sí soy fuerte y aguanto bastante. Por lo menos vuelo dos horas seguidas por el aire bajo.

Además de hacer vuelo sin motor, me gusta dormir en un árbol, y sentarme al sol y mirar la luna.

Y también me gusta charlar y tener amigos. El mejor de todos es Amigo Perro. Lo conozco de toda la vida. Cuando era pequeña, vivíamos en el mismo sitio. Jugábamos juntos, me enseñaba cosas, me daba consejos, y hasta me dejaba montar en su espalda.

Ahora yo vivo en el gallinero y él vive en el patio. Pero Amigo Perro viene a visitarme con mucha frecuencia, aunque entre los dos está la alambrada. Él se queda fuera, yo me quedo dentro; pero estamos juntos. Él me cuenta cosas, yo también le cuento. Algunas son tristes, otras son alegres, cosas de la vida; hablamos de todo.

Mi mejor amigo en el gallinero se llama Marqués. Es guapo, elegante y listo, aunque también es algo presumido. Pero es natural, todas las gallinas le dicen que quieren casarse

con él. Sin embargo, él me quiere a mí. Un día me dijo:

—Carolina, cásate conmigo y serás marquesa.

Yo le respondí:

—Escucha, Marqués, no quiero casarme contigo.

Él se sorprendió:

—Pero, Carolina, si te gusta estar a mi lado, y cenar conmigo, y sentarte al sol cuando yo me siento. Dime: ¿qué es lo que tú quieres?

—Pues, sencillamente, quiero ser tu amiga.

Mi respuesta no le convenció. Me dijo:

—Yo esperaba más. En fin, Carolina, tendré que aceptarlo.

De todas maneras, aunque lo aceptó, se pone nervioso cuando ve a otro gallo hablando conmigo.

Tengo que decir que yo había pensado no casarme nunca. Es que siempre he sido muy independiente, y además me gusta vivir a mi aire.

Pero a veces las cosas ocurren sin que las esperes y, sin esperarlo, me llegó el amor.

Sucedió un día de diciembre.

La verdad es que a mí el invierno no me gusta mucho. Durante el invierno mi árbol se queda sin hojas y el frío se sienta en todas las ramas. (Creo que ya he dicho que duermo en un árbol, a él me refiero.)

Las otras gallinas duermen a cubierto, en una casita pequeña y oscura. Pero a mí me agobia dormir encerrada y con tanta gente.

Durante el invierno hiela por las noches y el viento parece que lleva cuchillos en todas sus ráfagas. Durante el invierno la luna me mira con ojos de asombro y luego pregunta:

—¿Por qué no te marchas a dormir adentro? Las otras gallinas se acuestan temprano y duermen tapadas con mantas de paja.

Y yo le contesto:

—Si me meto dentro, me acuesto temprano y duermo tapada con mantas de paja, ya no podré ver tus cielos de plata. Y, al salir el sol, tampoco veré sus rayos dorados rompiendo la niebla y abriendo las puertas para la mañana.

La luna me mira y sonríe. «Gallinita loca...»

Además, tampoco es tan malo dormir en el árbol. En el tronco hay algunos huecos, y en uno de ellos me he hecho una cama. El colchón es de hojas secas y la almohada es de plumas blandas.

Sea como sea, el invierno es duro. Prefiero el verano y la primavera o incluso el otoño. Menos cuando nieva; la nieve me encanta.

Cuando nieva, las nubes se abren como una piñata y los copos bajan.

Es precioso y muy divertido. Las gallinas saltan y alargan los picos. Y después se enfadan porque piensan que han cogido algo delicioso y resulta que no tienen nada, solamente agua.

Cuando nieva mucho, la tierra se vuelve blanca y silenciosa. No se oyen los pasos y los copos caen sin hacer ruido.

Cuando nieva mucho, las gallinas no salen de casa. Dicen que las patas se les ponen rojas y las crestas pálidas.

Tampoco yo piso la nieve cuando nieva mucho. Y no es que me importen mi cresta o mis patas. Es que me parece que se pone triste al verse manchada.

Cuando nieva mucho y no sale el sol, la nieve se convierte en hielo. Entonces patino.

Patinar es algo estupendo. Pero peligroso cuando no se sabe. Si se está aprendiendo, hace falta un buen profesor.

Yo patino bien porque patinar es como volar, pero sin subirse encima del aire.

Cuando yo patino, los ojos me brillan y mis plumas tiemblan de emoción. Mi cresta se alegra y se pone todavía más roja. Parece un geranio.

Cuando yo patino, mi madre se asusta y me dice:

—Te vas a hacer daño.

Yo la tranquilizo y procuro ir con mucho cuidado. Las otras gallinas están envidiosas porque no se atreven a pisar el hielo. Pero disimulan y fingen que no les importa.

Algunas me dicen:

—Carolina, haz algo más útil. No pierdas el tiempo.

Les digo:

—Patinando, mis patas hacen ejercicio y el aire ensancha mi pecho. Patinar es sano.

Cuando cae la nieve y luego se hiela, es emocionante.

En fin, que la nieve siempre me ha gustado. Pero ahora la adoro porque un día de diciembre, con la nieve helada, encontré el amor.

Pero eso merece una historia aparte.

2

EMPIEZA LA HISTORIA

COMO ya he contado, era un día de invierno y yo patinaba.

Lo mismo que siempre, mi madre me decía:

—¡Cuidado!

Las otras gallinas, también lo mismo que siempre, me decían que perdía el tiempo.

Al caer la tarde, llegó al gallinero la mujer granjera. Venía con alguien. Sin embargo, yo no me di ni cuenta. En ese momento sólo me importaba seguir patinando.

Sobre el hielo formaba figuras, cruzaba las patas, abría las alas, volaba un segundo y volvía al suelo tan rápidamente como había subido. Después giraba como una peonza.

De pronto lo vi. Era un gallo nuevo y estaba mirándome.

Tenía las plumas blancas y grisáceas, y no

muy brillantes. Era alto y fuerte. La verdad, era más bien gordo. Y no era guapo ni elegante. Pero me gustó.

Me gustaron sus ojos alegres, la sonrisa que se abría en su pico y su aspecto sencillo y amable.

Pero sobre todo me gustó su humor.

—Eso que tú haces parece estupendo. ¿Crees que podría hacerlo? —me dijo con voz de emoción.

Yo se lo advertí:

—El hielo resbala, te puedes caer.

—¿Tú no te caíste la primera vez?

Yo le sonreí y él no lo pensó más:

—¡Allá voy! —gritó.

Y allá fue. No tenía ni idea. Menos mal que me aparté un poco. Pasó junto a mí igual que un ciclón y volvió a gritar:

—¡Sálvese quien pueda!

Yo me puse a salvo y él cayó de panza. Me acerqué a ayudarle y le pregunté si se había hecho daño.

Me respondió:

—¡Bah! Como estoy tan gordo, caigo sobre blando.

Luego se rió y se puso en pie. Se alisó las plumas, se arregló la cresta y volvió a intentarlo.

Se le fue una pata hacia la derecha y la otra se le fue a la izquierda. Sus alas intentaron agarrarse a algo; pero no había nada.

—¡Oooohhhh! —se oyó en el gallinero, y enseguida—: ¡Plof!

Las gallinas se partían de risa. Algunas se ponían las patas sobre la pechuga y decían:

—De tanto reír, me duele el estómago. Ya no puedo más.

No era para tanto, aunque desde luego yo no me reí por educación.

Entonces cayó boca arriba. Parecía un globo. Y movía las patas una y otra vez, igual que si el aire fuera su balón.

Y de nuevo me acerqué a ayudarle. Yo le tendí un ala y él me la tomó. Yo tiré de él, él se resbaló y caímos juntos.

Las gallinas se iban a morir. Se reían tanto que sus carcajadas llegaban al sol.

Miré al gallo nuevo, él me miró a mí. Yo también reí y él también rió.

Le dije:

—¿Por qué no lo dejas?

Me dijo:

—Si lo dejo ahora, ¿de qué habrán servido estas dos caídas?

—Pues tienes razón. De todas maneras, yo lo pensaría.

Él no lo pensó. Lo volvió a intentar y acabó en el suelo por tercera vez.

Pensé que iba a ser inútil tanto entrenamiento, pero de repente lo vi patinar. Llevaba los ojos alegres, el pico apretado, las alas abiertas...

Dio un paso, dio dos... ¡Zas! Un resbalón.

—¡Huy! —exclamé.

Otro paso más, otro resbalón, otro «¡huy!»... Dos pasos, tres pasos...

Las gallinas, ¡qué mal educadas!, gritaban:

—¡Se cae el grandullón!

Pero no fue así: dos pasos, tres pasos, dos más, y de nuevo dos...

¡Lo había conseguido!

—¡Bravo! —le grité.

Y él me gritó:

—¡Si estoy patinando...!

—¡Estás patinando...!

De pronto preguntó:

—¿Te atreves? —y me alargó un ala.

—Me atrevo —respondí, y le alargué otra.

Durante un buen rato patinamos juntos, aunque muy despacio.

Y ocurrió algo muy curioso: yo soy impaciente por naturaleza, me encantan las prisas. Sin embargo, entonces marchaba como un caracol y no me importaba. Al contrario, disfruté ayudándole:

—Un pasito, espera. Perfecto, ahora otro. Pisa bien, ¡cuidado! Alarga esa pata, encoge la otra. Adelante, ¡bravo!... La cabeza alta, la espalda derecha. Avanza sin miedo. Muy bien, ¡estupendo!

Él me preguntaba:

—¿Te aburres?

—¿Qué dices? Lo paso genial.

Aquel gallo nuevo era buen alumno. Tenía decisión y tomaba en cuenta todos mis consejos. Yo creo que por eso aprendió tan pronto.

En pocas lecciones se atrevió a ir solo. En algunas más consiguió dar vueltas. Y en cinco minutos hacía piruetas.

—De verdad, no puedo creer que esté patinando. ¡Gracias!, te lo debo a ti —me decía con ojos brillantes de gozo.

Y otra vez patinamos juntos. Pero ya como a mí me gusta, seguidito y rápido. Me alargaba un ala, yo se la cogía. Él tomaba impulso, después me soltaba. Y ¡allá que iba yo!, deslizándome igual que una estrella por cielos de julio.

Las gallinas ya no se reían. Ahora nos miraban con ojos de asombro y, de cuando en cuando, se ponían las alas sobre la cabeza, como si temieran una gran desgracia. Decían:

—No, si se matarán, si se matarán...

A nosotros dos nos daba lo mismo. Patinar era un gran placer y lo disfrutábamos.

Me dijo:

—Me encanta patinar contigo.

Le dije:

—Patinar contigo es mucho mejor que patinar sola.

Y de pronto caí en la cuenta de que aún no sabía su nombre:

—¿Tú cómo te llamas?

—Teobaldo, ¿y tú?

—Carolina.

—Carolina... Es un nombre que te viene bien. Cuando lo pronuncio, pienso en risa alegre y flores pequeñas.

—Tu nombre es extraño, pero a mí me gusta.

—¿Sabes? Yo elegí mi nombre. Me querían llamar Patas Amarillas; pero me negué.

—Yo también elegí mi nombre. Oye, Teobaldo, me parece que me va a gustar ser amiga tuya.

—Yo ya estoy seguro de que va a encantarme ser amigo tuyo.

Los dos nos miramos con mirada honda.

Se hizo de noche, no nos dimos cuenta... El hielo, el silencio, la luz de la luna, patinar cogidos del ala... Fue maravilloso, casi igual que un sueño. Pero despertamos.

—Tenemos que irnos —le dije.

Me acompañó a casa. Cuando vio mi árbol, que estaba esperándome con todas las ramas abiertas, me dijo:

—Carolina, este árbol tuyo es más que un refugio, es como un amigo. Parece un gigante con cara de bueno.

«Lo mismo que tú», pensé para mí.

3

EL AMOR

ME desperté al alba pensando en Teobaldo. ¡Tenía tantas ganas de volver a verlo!

En cuanto aclaró, miré hacia la casa, pequeña y oscura, que todos usaban como dormitorio.

Se abrió una ventana y alguien se asomó. Pero no era él.

Se abrió otra ventana. Era una gallina con cara de sueño y plumas revueltas.

Y se abrió la puerta y fueron saliendo gallinas y gallos: una, otro, otra, otro más, otra, otra, otra...

¿Y dónde estaría aquel gallo nuevo? ¿Se habría marchado nada más llegar sin decir ni adiós?

Me bajé del árbol con vuelos inquietos y, al llegar al suelo, tropecé con él.

Me miró con ojos contentos:

—Buenos días, estaba esperándote.

—Buenos días. ¿De dónde has salido?

—He dormido al pie de tu árbol. El sitio me gusta y yo no soporto dormir encerrado.

—El árbol es de todo el mundo. Si quieres subir, hay sitio de sobra.

Él se echó a reír:

—Pero, Carolina, yo nunca podré dormir encima de un árbol. ¿Olvidas mi peso? Si intento volar y me subo al aire, el aire se hunde.

—¡Bah! Tú no estás tan gordo y el aire es muy fuerte. Además, volar es muy fácil; si quieres, te enseño.

Teobaldo dudaba:

—No sé, no sé, Carolina.

—Anda, inténtalo, yo te ayudaré.

Teobaldo alzó la cabeza. Tengo que decir que mi árbol es grande y muy alto.

—Mira, mejor no lo intento. Prefiero seguir patinando.

—Bueno, hoy patinaremos, y a volar te enseño otro día. ¿Sabes? Me encanta volar, ésa es mi afición. Teobaldo, ¿tú tienes alguna afición?

—Me gusta cantar.

—Por favor, canta para mí.

—¿De verdad quieres escucharme?

—De verdad, empieza enseguida.

Teobaldo cantaba muy bien, y lo mismo le daba un rock que una ópera.

Le aplaudí hasta que mis alas no pudieron más. Y después le dije muy tímidamente:

—Todas las mañanas, cuando sale el sol, canto la canción de la despertada. Hoy se me olvidó, pero nunca antes me había pasado. Dicen las gallinas que cantar cuando nace el día es cosa de gallos. Pero yo les digo que las despertadas son cosa de todos, y el que más madruga es el que las canta.

—Carolina, canta para mí una despertada —me pidió Teobaldo.

Y fue algo curioso: todas las mañanas cantaba para mucha gente y no me importaba. Sin embargo, entonces me puse nerviosa:

—No sé, no me atrevo. Tú eres un cantante de primera fila y yo solamente una aficionada.

—Por favor, canta para mí.

Le gustó mi canto. Dijo que mi voz era como el agua clara o como la brisa.

La alegría que sentí al oírlo se asomó a mis ojos, y él me lo notó.

De tanta vergüenza, mi cresta se puso morada, y él, con disimulo, miró hacia otro lado. Después preguntó:

—Carolina, ¿cantamos a dúo un canto del alba?

Le dije que sí y cantamos juntos.

En el gallinero cesó el alboroto. No se oía una voz ni un cacareo.

Cuando terminamos, gallos y gallinas nos felicitaron y gritaron: «¡Otra!». En fin, que acabamos dando un recital.

Después patinamos toda la mañana. Fue muy divertido, y no nos caímos ni una sola vez.

Cuando nos cansamos, nos sentamos debajo de un árbol para hablar un rato.

A Teobaldo le encantan las charlas. Pero no es de esos que hablan todo el tiempo. Él sabe escuchar.

No sé cómo fue, pero nos contamos secretos y cosas muy nuestras. Le dije mis gustos, me dijo los suyos. ¡Qué casualidad, cómo coincidían!

Cuando era pequeño quería ser perro y ser lagartija y ser mariposa, lo mismo que yo.

La gente importante no le impresionaba.

Lo mismo que a mí, le encantaba mirar a la luna y contar los rayos cuando salía el sol.

Además, tenía una afición... En fin, nuestras almas parecían gemelas.

—Carolina, creo que te conozco de toda la vida.

—Teobaldo, cuando estoy contigo, el tiempo se pasa tan rápido...

Y rápidamente el día se pasó.

Al oscurecer, Teobaldo me acompañó a casa.

Llegamos al árbol y nos despedimos. Yo subí a una rama y él se fue a acostar al lado del tronco.

—Carolina, que descanses bien.

—Duerme bien, Teobaldo.

Me dormí pensando en el nuevo día.

Cuando salió el sol, cantamos a dúo la canción del alba. Y a partir de entonces no nos separamos. Fue otro día estupendo.

El tiempo pasó y a cada momento Teobaldo me gustaba más. Y explico por qué. Por

ejemplo, saludaba a todos. Y siempre marchaba con pasos tranquilos y ojos contentos. Cuando la mujer granjera nos traía el grano, le buscaba un sitio en el comedero a una gallina enferma y anciana. Y a otra que tenía reúma en las patas le hizo un asiento con arena blanda.

Y más cosas que ya no recuerdo porque fueron muchas. Pequeños detalles de amabilidad.

Un día se lo presenté a mi Amigo Perro. Los dos se gustaron y el Amigo Perro me dijo: «Carolina, parece buen gallo. Has tenido suerte».

En fin, que nuestra amistad creció muy de prisa, y se hizo tan grande que ya no sabía pasarme sin él y él no sabía pasarse sin mí.

Hasta que una tarde, cuando patinábamos, Teobaldo me miró a los ojos y mi corazón se puso a brincar. En sus ojos tendría un imán porque no podía dejar de mirarlos. Mientras tanto mis plumas temblaban y mis patas no me sostenían. La emoción se enredó en mis alas y por todo el cuerpo me corrían relámpagos de nervios alegres.

—Carolina, cuando estoy contigo, me siento feliz —susurró en mi oído.

Yo no dije nada porque, de repente, no hallaba palabras.

Él volvió a mirarme, y entonces hallé las palabras y dije en su oído:

—Teobaldo, ¿esto que sentimos no será el amor?

—Carolina, yo creo que sí. Y ¿sabes qué pienso? ¡Es maravilloso!

—Es maravilloso —repetí lo mismo que el eco.

—A partir de ahora nos querremos mucho.

—A partir de ahora estaremos juntos.

—Podremos casarnos.

—Y tendremos hijos.

—Serán como tú.

—Serán como tú.

—Bueno, unos como tú y otros como yo.

4

PARA NAVIDAD

DESDE que Teobaldo llegó al gallinero, sucedía algo que no comprendíamos: la mujer granjera siempre le ponía de comer aparte. Le daba en la mano los granos mejores, y además trozos de bellota, castañas partidas y pasas y nueces.

En el gallinero nadie lo entendía, y algunas gallinas se morían de envidia.

—Me parece que estás enchufado —le decía yo.

—Yo también lo creo, y el caso es que no sé por qué. Como no soy guapo ni muy elegante, la granjera no me va a llevar a ningún concurso. Y no estoy enfermo ni débil para que me cuide con tanto interés.

—Si estuvieras débil, no te engordaría. No es tan amable, lo sé por propia experiencia.

—Pero si estoy gordo, ¿para qué me engorda?... En fin, no vale la pena pensarlo, es cosa de suerte y la suerte es algo que viene y se va. Por eso hay que aprovecharla. Mira, Carolina, como nos queremos, mi suerte es la tuya, come tú también. Te he guardado esto debajo del ala, y esto, y esto, y esto...

Yo movía la cresta con aire de duda y decía:

—No sé, aún no lo entiendo.

Teobaldo decía:

—Carolina, no lo pienses más. Si alguien tiene suerte, se pone contento y no le da vueltas.

—Puede que te cuide porque eres cantor y un poco poeta...

—Quizás sea por eso.

Pero no lo era. Un día oí algo que me preocupó: la mujer granjera miraba a Teobaldo con ojos extraños y decía a una amiga:

—Cada día se pone más gordo. Parece un lechón. Estará estupendo para Navidad.

—Sea como sea, yo prefiero el pavo —le dijo su amiga.

—Pues no estoy de acuerdo, el pollo es mucho más tierno.

Yo me eché a temblar. No estaba segura de

haber comprendido, pero un escalofrío me recorrió el cuerpo.

Y después no sabía qué hacer, Teobaldo era tan feliz... No quería asustarlo. Decidí que iba a vigilar, y a partir de entonces no tuve descanso. Más que gallina, parecía perro guardián. Casi no comía, no dormía bien y pasaba el tiempo subida en mi árbol, mirando a la puerta por si había peligros.

Teobaldo llegó a preocuparse:

—Carolina, ¿te sucede algo?

—Nada, Teobaldo. Pero, por favor, come un poco menos. Creo que cada día te pones más gordo.

—¿Es que no te gusto?

—No es eso, cariño. Es que tengo miedo.

—¿De qué tienes miedo, gallinita mía?

—Es que me preocupo por tu corazón —le decía por disimular.

—Pues no te preocupes. Lo tengo de hierro, y sólo se altera si lo alteras tú.

—Teobaldo, que esto es muy serio.

—Anda, Carolina, alegra esa cara. Por favor, mírame y sonríe. Un poquito más, muy bien: ¡la foto está hecha!

¡Qué payaso era!

Los días siguieron corriendo de camino hacia Navidad. Teobaldo seguía engordando, y yo seguía preocupándome.

—Por favor, Teobaldo.

—Carolina, déjame que coma un poquito más. Mañana empezaré el régimen. Te doy mi palabra.

Llegaba mañana y él volvía a decir:

—Empiezo mañana.

Como yo temía, el peligro estaba acechándonos y llegó la víspera de la Navidad.

En el gallinero había buen ambiente: risas, villancicos, regalos...

El Marqués me ofreció una flor de invierno:

—Carolina, espero que seas muy feliz.

—Marqués, te deseo lo mismo.

—Eso no es posible —dijo suspirando, y añadió—: Carolina, ¡ay!, si tú me quisieras...

—Tienes que intentar divertirte un poco —le dije para darle ánimos.

Él bajó los ojos y dijo con voz desmayada:

—No me quedan ni ganas ni fuerzas.

Pero le quedaban, porque de repente tres gallinas jóvenes pasaron cantando.

—Adiós, Carolina, tú tienes razón, a ver si lo intento —exclamó el Marqués y se fue a cantar.

El Amigo Perro se acercó a los huecos de nuestra alambrada y me entregó un ramo de buenos deseos.

En fin, todo parecía que marchaba bien. Dentro de unas horas sería Nochebuena y en el gallinero había aires de fiesta.

Teobaldo dirigía un coro y estaba radiante de gozo:

Paz para todo el mundo,
amor y alegría
en la Navidad.

Y en ese momento la mujer granjera llegó al gallinero, menos mal que yo vigilaba.

La granjera llamaba a Teobaldo con voces amables y ojos de engaño.

Le noté algo raro: una de sus manos estaba extendida y tenía en la palma granitos dorados de maíz y trigo. En cambio, la otra se ocultaba detrás de su espalda.

Yo no sé por qué eso me extrañó.

JBA

Me acerqué a observar. Iba de puntillas y no se dio cuenta. Descubrí que en su mano oculta brillaba un cuchillo largo y afilado.

Lo entendí de pronto: mis patas temblaron y creí morir. Pero busqué fuerzas y grité:

—¡No vengas, Teobaldo!

El pobre Teobaldo no entendía nada, pero me hizo caso. Y eso que el maíz y el trigo dorado decían: ¡Comedme!

La mujer granjera lo seguía llamando:

—Ven aquí, gallito, mira lo que traigo.

Mientras tanto yo temblaba y pensaba. Tenía que hacer algo para distraerla.

Hice muchas cosas y no resultaron. Por ejemplo: volé haciendo círculos, corrí haciendo eses, salté igual que un canguro, giré como un trompo, fingí que me ahogaba y pedí socorro moviendo las alas lo mismo que aspas de molino...

La mujer granjera no hizo ningún caso y siguió llamándolo:

—¿Dónde estás, gallito?

Teobaldo estaba escondido. Pero era goloso y yo tenía miedo de que no resistiera tanta tentación.

—¿Dónde está el gallo más fuerte y más grande del mundo? Mira, mira, mira qué cosas tan ricas tengo para ti —decía la granjera.

A Teobaldo la boca se le hacía agua.

Las otras gallinas andaban buscándolo y yo les decía:

—No dejéis que salga. Por favor, ocultadlo bien —y después me decía a mí misma: «Carolina, tienes que hacer algo, piensa más de prisa. Si no te la das, la mujer granjera llegará a encontrarlo».

Pobre Teobaldo, me lo imaginaba sirviendo de guiso para Navidad. ¡Dios mío, qué espanto!

Pero no, no iba a consentirlo de ninguna forma. Y para impedirlo puse ojos de ogro, abrí mucho el pico y corrí hacia la granjera. Pensaba asustarla, y ella se rió. Dijo:

—Bicho, apártate.

Intenté picarle y me dio una coz.

Y de pronto encontré la idea que necesitaba. Fue como una luz en la oscuridad o como si un faro brillara en noche de niebla.

5

La idea

LA mujer granjera seguía gritando:

—¡Gallito, gallito! ¡Mira lo que tengo!

Corrí como un galgo detrás de una liebre, y fui a sentarme delante de ella. Después le grité un cacaracá tan exagerado que llegué a asustarla.

—¡Gallina, estás loca! —me gritó furiosa.

Yo vencí mi miedo, hice un gran esfuerzo y dejé a sus pies un huevo gigante.

Ella abrió los ojos con admiración, dijo: «¡Qué sorpresa!», y se lo guardó en el delantal.

Yo pensaba: «Ahora se marcha y corre a enseñarlo. Un huevo tan grande y puesto tan rápido es algo muy raro, querrá que lo vean todas sus vecinas».

Pero no se fue. Siguió con su marcha por el gallinero:

—¿Dónde estás, gallito?

Por lo visto la idea de ponerle un huevo gigante en los propios pies no era suficiente para que olvidara al pobre Teobaldo.

Hacía falta más. Yo hice otro esfuerzo y dejé delante de ella otro huevo todavía más grande.

La mujer granjera exclamó:

—¡Qué barbaridad! Dos huevos seguidos y además enormes. Creo que esta gallina es extraordinaria.

Las otras gallinas aplaudían con gran entusiasmo y además gritaban:

—¡Bravo, Carolina!

—Carolina, estoy orgullosa —me dijo mi madre.

Pero yo pensaba: «Ya está, ya lo he conseguido. La mujer granjera está impresionada, y ahora se marcha».

Pues no se marchó. ¿Qué necesitaba aquella mujer para impresionarse? ¿Y qué iba a hacer yo? Pues hice otro esfuerzo y puse otro huevo, todavía más grande que los anteriores.

La mujer granjera me miró con la boca abierta y gritó:

—¡Es algo increíble!

Las gallinas se partían las alas de tanto aplaudir y gritaban como descosidas:

—¡Bravo! ¡Viva Carolina!

—¡Desde ahora vamos a nombrarte gallina excelente!

A mi madre se le iban las lágrimas. Suspiró y me dijo:

—Hija mía, me siento feliz.

Y yo me sentía agotada, aunque satisfecha. Pensaba: «No puede fallar. Ahora recoge los huevos y sale corriendo».

Tampoco se fue. Se guardó los huevos y continuó llamando a Teobaldo:

—¿Dónde estás, precioso? Ven bonito mío, que estoy esperándote. Vamos, ven conmigo. Tengo para ti algo que te va a gustar.

Yo le grité: «¡Falsa!», y puse otro huevo. Después ya no pude más y me desmayé.

Cuando volví en mí, Teobaldo besaba mis plumas y decía:

—Te quiero.

Me sentía muy débil y me dolía el cuerpo. Pero las gallinas me daban aire con las alas, me traían agua en sus picos, me buscaban trigo...

Con tantos cuidados me fui reponiendo. Cuando pude hablar, pregunté con voz asustada:

—¿Se ha marchado ya?

—Por fin se ha marchado. Corría y gritaba: «¡Vecinas, no vais a creerlo, tengo una gallina que dispara huevos como una escopeta!».

Yo me sonreí, las gallinas rieron a voces y Teobaldo siguió acariciándome.

Las gallinas me dijeron luego:

—Carolina, a partir de ahora vamos a nombrarte gallina superexcelente. Mira, ahora descansa y mañana te sientas y preparas otros cuatro huevos. Ya verás, vas a ser famosa.

Las miré con cara de espanto: ¿Mañana otros cuatro huevos? Pues estaban frescas...

—Yo no quiero ser gallina superexcelente, y famosa menos. Los huevos los puse por necesidad. Fue un trabajo horrible, y hasta que no pase toda la semana no pongo uno más.

—Carolina, parece mentira, eres una vaga —exclamaron algunas gallinas.

—¡Bah! —dijeron otras con voz de desprecio.

Y mi madre dijo con voz de llorar:

—Hija, qué vergüenza.

Sin embargo, Teobaldo me dijo:

—Carolina, descansa tranquila y haz lo que quieras. Mira, yo me siento aquí y velo tu sueño.

—¿Qué dices de sentarte aquí? Eso ni pensarlo. Levanta ahora mismo y empieza a correr.

Teobaldo creyó que había oído mal. Pero yo insistí:

—¡A correr, Teobaldo!

—Pero, Carolina, ¿después de este susto?

—¿Es que no lo entiendes? La mujer granjera volverá mañana, en cuanto amanezca.

—Pues entonces correré mañana.

Me puse nerviosa: aquel gallo bobo estaba en peligro y no se inmutaba. Le dije:

—En la Navidad es muy peligroso ser un gallo gordo. ¡A correr, Teobaldo!

El pobre Teobaldo me miraba con ojos de mucha tristeza. Pensaba: «Esta gallinita se me ha vuelto loca».

—¡Vamos, corre ya!

Me miró otra vez. No se decidía, por eso tuve que decírselo:

—Teobaldo, la mujer granjera quiere que seas su comida de día de fiesta. No hay otro remedio que hacer ejercicios para adelgazar.

El pobre Teobaldo puso ojos de espanto y empezó a correr.

¡Arriba y abajo! Una vuelta, dos, cuatro, cinco, seis, catorce, veinte, veinticinco...

A veces decía:

—Carolina, ya no puedo más.

Yo le daba un beso y corría con él.

Al llegar el día, volvió la mujer granjera.

Pero para entonces Teobaldo respiraba con agitación, tenía patas de temblor, ojos de cansancio, plumas sudorosas y cresta de viejo. Además, había adelgazado. Con sinceridad, no parecía el mismo.

—¡Dios mío! ¿Qué es esto? —gritó con horror la mujer granjera—. ¿Qué tiene mi gallo? Está delgadísimo y parece enfermo. Así no me sirve para mi banquete de Navidad.

¡Qué alivio sentí!

—¡Estamos salvados! —le dije a Teobaldo.

Teobaldo brincó de alegría, y de pronto agitó las alas y se subió al aire.

—¡Teobaldo, si vuelas...!

—¡Si vuelo...! ¡No puedo creerlo! —gritó, y de la emoción casi pierde pie y cae de cabeza.

6

La boda

NUESTRO amor crecía igual que la luna, cada día un poquito más. Y cuando llegamos a la luna llena, fijamos la fecha para nuestra boda.

Teobaldo y yo queríamos que fuera sencilla y tranquila.

Sin embargo, mi madre me dijo:

—Oye, Carolina, tengo compromisos: los tíos, las tías, todos mis amigos, los tres gallos jefes, las gallinas que son importantes...

—¡Ni hablar! Soy yo quien se casa. Por lo tanto me caso a mi gusto, y lo que yo quiero es intimidad.

Mi madre arrugó su cresta, yo arrugué mi cresta y Teobaldo dijo:

—Bueno, Carolina, ¿qué importa quién venga? Lo que importa es que ese día todo el mundo se sienta contento.

—Yo, con tanta gente, no estaré contenta. Y ¿sabes qué digo? Que si alguien se empeña en que nuestra boda sea un carnaval, no pienso casarme. ¡Pues faltaba más!

Teobaldo me miró a los ojos:

—Carolina, ¿lo dices en serio?

Yo pensé un momento y mi enfado se empezó a apagar.

—No, no lo digo en serio. Pero me parece que tengo derecho a casarme como me apetezca.

Al fin lo arreglamos llegando a un acuerdo: ni gente importante ni los gallos jefes, la familia y muchos amigos.

Por supuesto, Picofino no podía faltar. Le mandé recado con un gorrión.

Picofino es mi hermano pequeño. Se marchó de casa hace mucho tiempo. No fue por su gusto, era flaco y débil, y aún lo sigue siendo. La granjera dijo que los gallos débiles no sirven de nada en el gallinero, que más bien estorban. Por eso lo quería guisar. Y ahora que lo pienso, la granjera es rara, lo mismo le da echar en la olla a un gallo muy flaco que a un gallo muy grueso. Por lo visto, para estar

tranquilo en el gallinero se debe tener el peso ideal.

Bueno, el caso era que mi hermano estaba en peligro, por eso le enseñé a volar y un día se escapó. Voló por todos los cielos y corrió muchas aventuras, y luego los pájaros lo nombraron rey. Es algo curioso, no servía de jefe en el gallinero y ahora resulta que sabe reinar. Pero eso ya es otra historia.

Y ¡llegó el gran día!

—Carolina, estás muy nerviosa —decían las gallinas.

Pues no, no lo estaba. Estaba contenta.

A mi madre y a mis ocho hermanos les dio por ponerse en plan cariñoso y sentimental:

—Carolina, a partir de ahora no va a ser lo mismo...

—A partir de ahora formarás tu propia familia...

—A partir de ahora todos estaremos en segundo plano, tienes quien te quiera...

—Es lo natural, sin embargo nos cuesta aceptarlo...

—Carolina, el último beso antes de casarte...

Y el Marqués se puso romántico. Me miró muy profundamente y dijo:

—Carolina, siempre te he querido y te querré siempre. Pero esta mañana te casas con otro...

Después derramó diez lágrimas, ni una más ni una menos, él siempre es exacto, y enseguida dijo:

—Creo que mi corazón está destrozado. Se me ha hecho pedazos. Mira, toca, toca. ¿Lo ves? No suena normal.

Le puse la pata a un lado del pecho, y su corazón marchaba igual que un reloj. Él me la cogió, la llevó a sus labios y dijo, con voz de enorme dolor:

—Carolina mía, qué solo me dejas...

En ese momento pasó una gallina vestida de fiesta. El Marqués la miró con ojos brillantes:

—Oye, ¡estás preciosa! Espera un momento —exclamó y se fue con ella.

Sonreí mirando cómo se alejaban y de pronto oí un vuela revuela sobre mi cabeza.

Era Picofino. ¡Cómo me alegraba de volver a verlo!

Venía con sus pájaros y todos traían flores y regalos.

Aterrizó y dijo:

—¡Qué novia tan guapa! Estoy orgulloso de ser su padrino.

Después me dio un beso, me cogió del ala y marchamos juntos.

Y yo también me sentía orgullosa de ir a su lado. Era un rey flacucho y pequeño, pero muy querido por todos sus súbditos, y eso es lo que importa.

La boda resultó preciosa. Un coro de pájaros nos cantó la marcha nupcial, y el Amigo Perro pronunció un discurso y se emocionó.

Al llegar la hora de decir «Sí, quiero», dijimos un «¡Sí!» tan alto y tan claro que el eco corrió por el gallinero.

Teobaldo me dijo:

—Carolina, estamos casados y aún no me lo creo. Tengo tanta suerte con que tú me quieras...

—Teobaldo, yo no sé explicar la felicidad que ahora mismo siento...

Después del banquete comenzó la fiesta: bailamos, cantamos, reímos... Y todos nos die-

ron felicitaciones. También hubo cotilleos, y yo escuché algunos:

—¡Qué guapos están!

—El día de su boda todo el mundo es guapo.

—Van muy elegantes.

—Sí, están elegantes y, mira, yo nunca creí que pudieran serlo.

—Cosas del amor.

—Parece que están muy enamorados.

—Por lo que se ve, parece que sí.

—Van a ser felices.

—Pues eso no se sabe nunca. La vida da vueltas. Hoy dices te quiero, y mañana dejas de quererlo o él ya no te quiere.

—Sí, desgraciadamente eso suele suceder.

Oyendo estas cosas, sentí una punzada en el corazón y por un momento perdí la alegría. Y me pregunté: «¿Qué sucederá cuando pase el tiempo? ¿Nos querremos siempre lo mismo que ahora?». Pero entonces Teobaldo me tomó en sus alas y me dijo amorosamente:

—Carolina mía, vamos a bailar.

Las dudas se me deshicieron y en medio segundo se las llevó el viento: lo miré a los ojos, y ¡eran tan sinceros!, y yo lo quería tanto...

7

UNA FIEBRE EXTRAÑA

SUCEDIÓ que un día me sentí muy rara: estaba nerviosa y me ardía la cresta. Además me dolían las patas y las alas se me abrían solas.

No podía volar y fui a sentarme debajo del árbol. Teobaldo me miraba con ojos de estar preocupado:

—Creo que tienes gripe.

—No, yo creo que no es eso.

Entonces llegó una gallina que era casi médico y bastante sabia. Me miró a los ojos, me tocó las plumas y me tomó el pulso. Dijo:

—Carolina, tienes fiebre alegre.

—¿Y qué fiebre es ésa?

—Fiebre de ser madre.

Tenía razón. Sentí que era eso, eso exactamente. ¡Quería tener hijos!

Inmediatamente comencé a llamarlos:

—Cloc, cloc, cloc, clocó...

34 35 36 37 38 39 40

Pero ¿dónde estaban?

—Carolina, los hijos no están en ninguna parte —dijo la gallina—. Los hijos se hacen con cariño y mucha paciencia. Mira, quédate tranquila. Ahora vendrá la mujer granjera, te dará una cesta forrada de paja, buscará diez huevos, y tú te echarás encima de ellos y abrirás las alas para cobijarlos. Tus hijos se formarán dentro. Serán tres semanas de inmovilidad. Te aviso, va a ser muy cansado.

—Carolina, yo te ayudaré. Estaré contigo, y cuando te canses, ocupo tu sitio y tapo los huevos —me dijo Teobaldo.

—Creo que tú no puedes, porque sólo yo tengo fiebre alegre.

—Por lo menos te haré compañía. No consentiré que nada te altere. No habrá una gallina que hable contigo si no te apetece.

—Los hijos no nacen en el gallinero. Nacen en el patio —dijo la gallina que era casi médico.

—Pues mucho mejor, el patio me gusta. Es un sitio tranquilo y alegre. Y además allí es donde vive el Amigo Perro —exclamé con gozo.

—¿Cuándo nos marchamos? —preguntó Teobaldo.

—Se irá Carolina, tú te quedarás.

—¿Irme sin Teobaldo? Eso ni pensarlo.

—Tendrás que marcharte, ésa es la costumbre de toda la vida. Tu madre también se marchó cuando tú naciste —dijo la gallina que era casi médico.

Teobaldo perdió la paciencia, y una cosa así rara vez sucede:

—¡Costumbres, costumbres! Es siempre lo mismo. Pues si es la costumbre, dejará de serlo en este momento.

—La mujer granjera no va a consentirlo.

—Pues nos da lo mismo. No pienso marcharme si Teobaldo no viene conmigo —dije decidida.

—A donde ella vaya, también iré yo —añadió Teobaldo.

—La mujer granjera se la llevará y no dejará que nadie la siga.

—Pues me escaparé —dijo Teobaldo.

Yo dije también:

—Pues se escapará.

—¿Y si lo descubre? Tiene muy mal genio,

y cualquiera sabe lo que puede hacer cuando está furiosa —dijo la gallina con voz de temor.

Verdaderamente la granjera tenía mal carácter. Y, además, Teobaldo otra vez había engordado... Pensé: «¿Y si se lo nota y quiere guisarlo para cualquier fiesta?». Mis plumas temblaron de espanto y dije:

—Teobaldo, es muy peligroso que vengas al patio. ¿Sabes lo que haremos? Yo me esconderé. La mujer granjera no se dará cuenta de que tengo fiebre, y me iré a sentar en cualquier rincón a cobijar huevos. Estaremos juntos y tendremos hijos en el gallinero.

La gallina que era casi médico me miró y me dijo:

—Carolina, oye, en el gallinero hay mucho alboroto, y si te quedaras mientras que tus hijos se fueran formando, oirían gritos y peleas, o palabras necias y canciones tontas. Los hijos se deben formar oyendo sonidos amables: palabras de pájaros, susurros de aire... Pero sobre todo tienen que sentir los latidos de tu corazón. Si no los escuchan, no pueden saber que tú estás con ellos dándoles calor y cariño. Si no los escuchan, se sentirán solos y estarán nerviosos, quizás asustados. No querrán nacer. Y además, cuando hayan nacido, las gallinas los podrían pisar o darles un golpe. Las más jóvenes son atolondradas y las viejas apenas si ven.

Pues tenía razón, no lo había pensado... No había más remedio. Me marcharía al patio, aunque me doliera dejar a Teobaldo.

Teobaldo, que estaba de acuerdo, hizo un gran esfuerzo para darme ánimos:

—Carolina, no te pongas triste. Ya verás, el tiempo pasará volando. Ahora piensa en nuestros hijos. Cuando regreséis, seremos felices y estaremos juntos.

—Cuando me haya ido, ¿pensarás en mí? —pregunté tragando mis lágrimas.

—A cada momento. Y tú, ¿pensarás en mí?

—A cada segundo.

Al llegar la hora de la despedida juntamos las alas muy estrechamente, nos dimos cien besos y más de cien veces dijimos «te quiero».

—Cariño, procura cuidarte. Vigila tu dieta y haz tu gimnasia.

—Carolina, cuídate también. Y pon atención todas las mañanas, que al salir el sol, cantaré una despertada sólo para ti.

Al fin me marché. Pero a cada paso me daba la vuelta, y allí estaba él, pegado a los huecos de nuestra alambrada, diciéndome adiós y agitando el ala.

La mujer granjera me llevó a un lugar al lado del patio. Le llamó trastero, y no me gustó. Pero el nombre estaba bien puesto porque había un montón de trastos: una bicicleta, cántaros de barro, una azada, un baúl, una mesa vieja, un colchón, tres sillas y mil cosas más.

Dentro de una cesta forrada de paja estaban mis huevos. Yo, con mucho cuidado y con mucho amor, me fui a poner encima de ellos y empecé a incubarlos.

Pasaron las horas... ¡Qué horas tan largas! Pasaron los días... ¡Parecían semanas!

Qué pesado era eso de ser madre. Estaba cansada de esperar sentada. Tenía tentaciones de dejarlo todo y volver a casa. Pero no podía porque mis polluelos se estaban formando. «Carolina, aguanta», me decía a mí misma cien veces al día. Menos mal que el Amigo

Perro venía a visitarme. Me traía recados y se los llevaba: «Teobaldo dice que te quiere», «Dile que lo quiero».

Cuando estaba sola, pensaba en Teobaldo y en qué estaría haciendo: ¿Me echaría de menos? ¿Se cuidaría bien? ¿Seguiría su régimen? ¿Haría su gimnasia? Por supuesto también pensaba en mis hijos y en cómo serían. ¿Nacerían sanos y completos?

A veces hablaba con ellos, cantaba en voz alta o contaba cuentos. Quería que supieran que no estaban solos. Y a veces guardaba silencio para que escucharan los latidos de mi corazón.

Sin embargo, con mucha frecuencia no podía evitar el aburrimiento, y el sueño llegaba a mis ojos sin que lo llamara.

Durante las horas de mi larga espera soñé muchas cosas, unas muy alegres y otras más amargas.

8

SUEÑOS

UN día soñé que mis hijos ya habían nacido y querían ver mundo.

Les dije:

—Hijos míos, vámonos al patio.

¡Qué grande era el patio! Lo había olvidado.

Cuando era pequeña, yo vivía allí con mi madre y mis nueve hermanos. Y ahora volvía con todos mis hijos (que, por cierto, también eran diez). ¡Qué emoción sentí!

—Hijos, mirad esa fuente que canta con voces de agua. Me encantaba oírla. Y ¿veis esos bancos sentados encima del suelo? Aprendí a volar subiéndome en ellos. Todo sigue igual, y hasta me parece que aún soy pequeña. Bueno, basta de recuerdos, que os estoy cansando. Vamos a jugar.

Pero ¿dónde estaban esos hijos míos?

Algunos se estaban tirando arena a los ojos, y otros se picaban. Vi plumas volando y oí gritos de dolor y enfado.

—Pero, hijos, ¿qué hacéis? Os portáis muy mal con vuestros hermanos. Y un hermano es alguien que te quiere, te ayuda y te presta cosas —les dije procurando no perder la calma.

Pero ellos no estaban de acuerdo:

—Un hermano es alguien que te pega.

—Los hermanos te lo quitan todo.

—Los hermanos siempre te molestan. ¿Lo ves? Éste me está molestando. Pues si me molesta, también lo molesto. ¡Toma picotazo!

—¡Animal! ¡Estúpido! Como te descuides te quedas sin plumas.

—Arráncame una y te pico el pico.

Aquello parecía la guerra.

Regañaba a uno, le gritaba a otro, separaba a dos que querían matarse... Perdí la paciencia y empecé a picar a diestro y siniestro.

Después lo sentí porque yo intentaba ser madre modelo y ya el primer día pegaba a mis hijos.

El Amigo Perro me dijo:

—Carolina, en el mundo no hay nadie perfecto, tampoco las madres lo son. Y no te preocupes, los pequeños siempre son inquietos, de mayores cambian. De todas maneras, te voy a ayudar. Ya verás, en cinco minutos estarán tranquilos. Tú descansa un poco y confía en mí. Sé mucho de esto.

Y después gritó:

—¿Quién quiere montar a caballo?

¿Por qué lo diría? Mis hijos se echaron encima de él lo mismo que bárbaros.

—Tranquilos, hay sitio de sobra, mi espalda es muy ancha —les decía.

Comenzó dándoles dos vueltas, una al paso largo y otra al trote lento.

—¡Deprisa, caballo! ¡Corre, burro viejo! —gritaban mis hijos.

Entonces se puso a galope y mis diez fieras se morían de gusto. Pero Amigo Perro ya no era muy joven y se cansó pronto.

A mis hijos no les importaba, querían más velocidad y fue algo espantoso: uno le tiró del rabo, otro le picó en la oreja, otro le metió la pata en el ojo...

Yo estaba indignada y gritaba:

—Dejadlo enseguida. Abajo ahora mismo.

Y otra vez acabé picándoles.

El Amigo Perro intentaba quitarle importancia:

—Calma, Carolina, son cosas de chicos.

Aunque también él acabó enfadándose. No me dijo nada, pero yo sabía que estaba pensando que mis hijos eran diez salvajes.

Menos mal que sólo fue un sueño. Qué alivio sentí cuando desperté.

Otro día soñé que mis hijos ya habían crecido y que yo trataba de darles lecciones. Les decía:

—Hijos, para ser mayores tenéis que aprender. Hoy voy a enseñaros a volar por el aire bajo, es algo estupendo y no muy difícil. A ver, subíos a ese banco. Extended las alas, agitadlas... Saltad hacia arriba, ¡muy bien! Ya estáis en el aire. Y ahora, seguidme sin miedo.

Volé sobre el patio... ¡Qué satisfacción, me seguían mis hijos!

De pronto les dije para darles ánimos:

—Cantemos un poco. Cantar es otro ejercicio, que sirve para la garganta y alegra el espíritu. ¿Qué os pasa? ¿Por qué no cantáis?

JRA

Cantar es muy fácil, y no importa que nos salgan gallos, ya tenemos varios.

Fue una gracia boba, de todas maneras esperaba risas y no las oí.

Volví la cabeza: nadie me seguía y me preocupé pensando que mis hijos hubieran podido caerse del aire y romperse algo.

Pero no, no fue un accidente. Mis hijos, los míos, seguían las lecciones que otra gallina les daba a sus hijos.

La madre gallina decía en ese momento:

—Las cabezas altas, los cuellos derechos y las alas algo separadas. Caminad despacio y con orden. Moveos con mucha elegancia. Elegantes, sed siempre elegantes.

Algo parecido me decía mi madre cuando era pequeña, y entonces me sentía ridícula. En cambio mis hijos parecían contentos.

No pude aguantarlo y grité:

—¡Venid ahora mismo!

Llegaron con las caras hoscas.

—¿Qué estabais haciendo? ¿Por qué no volabais? —pregunté y ellos no me respondieron—. ¿Qué estabais haciendo? —volví a preguntar subiendo la voz.

—Hay cosas más útiles que saber volar —contestó mi hija mayor.

—¿Como por ejemplo...? —casi les grité.

—Hay madres que enseñan lecciones distintas, como por ejemplo, lecciones de ser elegantes y darse importancia. Si eres importante, la gente te tiene respeto —explicó otra de mis hijas.

—O también lecciones de comer de prisa para conseguir los mejores granos, y picar primero cuando alguien se acerca. Si picas primero, picarás dos veces —añadió mi hijo mayor.

Todas esas cosas yo las escuché cuando era pequeña, y no me gustaron. Por eso a mis hijos pensaba enseñarles cosas diferentes, cosas de ser buenos y de ser felices.

Después se hizo un silencio pesado y muy largo. Yo no lo rompí, lo rompió mi hija pequeña.

—Madre, entiéndelo, de mayores tenemos que ser fuertes y elegantes. Es importantísimo.

—Mamá, la vida es así, tienes que enseñarnos a comer de prisa y a picar primero. Comienza enseguida, que hay algunos pollos que ya nos sacan ventaja —añadió uno de mis hijos.

Tenía las palabras muy atragantadas y me costó hablar. Solamente dije:

—Lo siento, no sé.

Fue un sueño espantoso. Desperté sudando.

Sin embargo, otro día soñé cosas muy distintas: a todos mis hijos les gustaba el patio, también les gustaba oír la fuente alegre que siempre cantaba con voces de agua, y subir encima de un banco de piedra y volar bajito. Además jugaban con Amigo Perro sin darle la lata. Y si peleaban, en medio minuto hacían las paces. Todos se ayudaban. En fin, daba gusto... Yo estaba encantada.

Y no era que fuesen pollos repelentes. ¡Qué va! Lo pasaban bomba y hacían travesuras, como siempre hace la gente pequeña. Lo que sucedía era que gastaban bromas que no eran molestas ni ofendían a nadie.

Y por si alguien piensa que mis hijos eran cobardes o sosos, yo digo ¡ni hablar! Si hasta tenían un grito de guerra. Por ejemplo, cuando alguno estaba en peligro porque se encon-

JBA
¡COCOKATISCA!

traba con cinco o seis pollos de otra familia que querían pelea, gritaba: «¡Cococatiska!». Era una señal. Inmediatamente todos sus hermanos se subían al aire, respondían: «¡Cococatiska!», y en medio minuto estaban con él.

Luego, casi nunca había que luchar. Los pollos que querían pelea decían: «¿Pies, para qué os queremos?», y ya nunca se sabía de ellos. Era natural, ¿quién iba a enfrentarse con diez pollos que iban por el aire gritando: «¡Cococatiska!»?

Al final del sueño volábamos hacia el gallinero. Teobaldo estaba esperándonos. Fue maravilloso: él abrió sus alas y todos cupimos debajo de ellas.

¡Qué felicidad volver a estar juntos! Y después qué orgullo sentí de poder decirle: «Teobaldo, éstos son tus hijos».

Fue un sueño precioso. Cuando desperté, aún sonreía.

En fin, sólo fueron sueños, los otros y éste. Y yo aún sigo aquí, sentada en mi cesta. Pero falta poco. Mañana nacerán mis hijos. Los oigo moverse dentro de los huevos. Quizás tengan miedo de venir al mundo.

Parecen inquietos y algunos me llaman: «Pío, pío, pío».

Les digo: «Tranquilos, pequeños, todo marcha bien», y muy suavemente les paso una pata por sus cascarones.

¡Qué impaciencia tengo de que estén conmigo! Pero me preocupa pensar en su nacimiento. Nacer es difícil. ¿Romperán los huevos sin muchos problemas? ¿Sabrán respirar al salir al aire por primera vez? ¿Y estarán sanos y completos? ¿Tendrán buena vista y caminarán con normalidad? ¿Y sus corazones latirán con ritmo?

También me preocupa pensar en lo del carácter. ¿Serán amables y alegres o tendrán mal genio? ¿Serán orgullosos o serán sencillos? ¿Y querrán volar por el aire bajo? ¿Y respetarán al Amigo Perro?

Yo tuve tres sueños, y ahora no puedo olvidarlos. Por eso no duermo.

El Amigo Perro se sienta a mi lado y me dice:

—Carolina, no le des más vueltas. Edúcalos bien y quiérelos mucho. Ése es el secreto. Y piensa que tienen derecho a vivir sus vidas, aunque no te gusten, porque tú también viviste la tuya.

Ahora, lo mismo que siempre, el Amigo Perro sabe lo que dice.

Estoy más tranquila. Tengo que dormir. Mis ojos se cierran. Me digo a mí misma:

«Carolina, no pierdas más tiempo y duerme de prisa. Mañana te harán falta fuerzas. Y ya lo verás, tus hijos serán sencillos y alegres, Teobaldo lo es y creo que tú lo eres también. El carácter es cosa de herencia y de educación.»

De repente tengo un sobresalto y pienso:

«Eso no es tan claro. Por ejemplo, hay padres calmados con hijos nerviosos, y padres muy torpes con hijos muy listos. Y a veces confías en alguien y luego te engaña. Carolina, en la vida no hay nada seguro.»

Otra vez me altero:

«En la vida no hay nada seguro... Carolina, tenlo muy presente: ser madre no va a ser sencillo...»

De repente oigo un «pío, pío». Mis pequeños se me han desvelado. ¿Estarán inquietos pensando en mañana...?

Les digo:

—No hay que tener miedo, yo estoy con vosotros, ea, ea, ea... A dormir tranquilos...

El silencio vuelve. Suspiro y sonrío. Mañana nacerán mis hijos, y hay algo seguro: sean como sean, yo los querré mucho.

I N D I C E